歡迎來到菲姊妹的世界！

本書的小主人是：

隱形的冰川寶藏

菲·史提頓
Tea Stilton

新雅文化事業有限公司
www.sunya.com.hk

俏鼠菲姊妹 7

隱形的冰川寶藏

IL TESORO DI GHIACCIO

作者：Tea Stilton 菲·史提頓
譯者：孫傲
責任編輯：胡頌茵
中文版封面設計：李成宇
中文版內文設計：劉蔚 羅益珠
插圖繪畫：Alessandro Battan, Jacopo Brandi, Flavia Ceccarelli, Francesco
　　　　　Colombo, Paolo Ferrante, Michela Frare, Sonia Matrone, Arianna Rea,
　　　　　Maurizio Roggerone, Roberta Tedeschi, Tania Boccalini, Concetta
　　　　　Daidone, Ketty Formaggio, Edwin Nori, Elena Sanjust and Micaela
　　　　　Tangorra
內文設計：Paola Cantoni and Michela Battaglin
出　　版：新雅文化事業有限公司
　　　　　香港英皇道499號北角工業大廈18樓
　　　　　電話：(852) 2138 7998　傳真：(852) 2597 4003
　　　　　網址：http://www.sunya.com.hk
　　　　　電郵：marketing@sunya.com.hk
發　　行：香港聯合書刊物流有限公司
　　　　　地址：香港新界大埔汀麗路36號中華商務印刷大廈3字樓
　　　　　電話：(852) 2150 2100　傳真：(852) 2407 3062
　　　　　電郵：info@suplogistics.com.hk
印　　刷：C&C Offset Printing Co., Ltd.
　　　　　香港新界大埔汀麗路36號
版　　次：二〇一六年三月初版
　　　　　10 9 8 7 6 5 4 3 2 1

　　我，菲·史提頓，是老鼠島上最有名的《鼠民公報》的特約記者！我愛旅行、愛冒險，也喜歡認識世界各地的朋友！

　　我畢業於陶福特大學，我曾經在那兒教授新聞學，並認識了五個很特別的女孩：妮基、科萊塔、薇歐萊特、寶琳娜和潘蜜拉。這是一羣很能幹的女孩，她們之間有着真摯的友誼。

　　出於對我的喜愛，她們以我的名字成立了一個團體：俏鼠菲姊妹。這讓我十分感動，因此，我決定親自講述她們的神奇冒險經歷，那可是一些非常有意思的、真正的冒險奇遇……

俏鼠菲姊妹！

名字：妮基

昵稱：妮可

故鄉：澳洲（大洋洲）

夢想：從事與生態學有關的職業！

愛好：喜歡戶外活動、親近大自然！

優點：只要是在戶外，心情總很好！

缺點：停不下來！

秘密：有幽閉恐懼症，受不了密閉的空間！

妮基

妮基

科萊塔

名字：科萊塔

昵稱：蔻蔻

故鄉：法國（歐洲）

夢想：成為一名時尚記者！

愛好：喜歡一切粉紅色的事物！

優點：非常勇敢，樂於助人！

缺點：遲到！

秘密：放鬆方式是洗頭、燙鬈髮或做美甲！

科萊塔

名字：薇歐萊特

昵稱：薇薇

薇歐萊特

故鄉：中國（亞洲）

夢想：成為一位知名小提琴手！

愛好：學習！

優點：非常嚴謹，喜歡認識、了解新事物！

缺點：易怒，不喜歡被開玩笑！沒睡足就無法集中精力！

秘密：放鬆方式是聽古典音樂、喝果味綠茶！

名字：寶琳娜

昵稱：比拉

故鄉：秘魯（南美洲）

夢想：成為科學家！

愛好：喜歡旅行、結交全世界的朋友！

優點：典型的利他主義者！

缺點：害羞、糊塗。

秘密：電腦問題對她來說易如反掌，再難也難不倒她！

寶琳娜

寶琳娜

名字：潘蜜拉

昵稱：帕咪

故鄉：坦桑尼亞（非洲）

夢想：成為體育記者或汽車修理技工！

愛好：癡迷薄餅！

優點：處事果斷，愛好和平！討厭爭吵！

缺點：衝動！

秘密：只要一把螺絲刀、一個扳手，她就能修理好所有的問題車輛！

潘蜜拉

你想成為菲姊妹中的一員嗎？

名字：_____

昵稱：_____

故鄉：_____

夢想：_____

愛好：_____

優點：_____

缺點：_____

秘密：_____

把你的名字寫在這裏！

把你的照片貼在這兒！

目錄

朋友們，你們好！

你們想幫助菲姊妹解開各種謎題嗎？這可不是件容易的事，不過只要按照故事中的指示看下去，也沒有多麼難啦！

當你們看到這個放大鏡時，要格外注意：因為這意味着這一頁會有重要的線索。

有時，我們會對現有的情況做些梳理，以免遺漏掉什麼有用的線索。

那麼，你們準備好了嗎？

一個神秘的冒險故事正在等待你們呢！

討厭的水！

太冷了！！！

這真是一個寒冷的夜晚！我在辦公室改了一整天稿子後，獨自走在回家的路上。

是的，我確實在辦公室做了一整天的編輯工作。我在《鼠民公報》工作，這是老鼠島上最有名的一份報紙。我的哥哥謝利連摩·史提頓是這家報紙的主編，而我，菲·史提頓則是一名特約記者。

按理說，我並不是一個「能安於室」的記者，要我在辦公室坐一整天，對我來說是一種折磨。但這次，哥哥請求我為他代

上班一天，因為他要陪我的小姪子班哲文休假，我當然無法拒絕。

就這樣，我在辦公室坐了整整一天！傍晚下班時，儘管天上正在下雨，但為了活動一下筋骨，我還是選擇步行回家。

我才不是那種會被下雨天嚇倒的鼠！

在離家門幾步不遠處的地方，一輛藍色跑車從行人路旁飛速穿過，濺起了一大片水花。

啊！！！

我倒抽了一口涼氣。

我從頭到腳被水濺得濕透了！

啊！ 太冷了！此刻一陣刺骨的寒冷彷彿鑽到我的骨頭裏。

就在那一刻，我的手機響了。

叮鈴鈴⋯⋯叮鈴鈴⋯⋯

我從大衣的口袋中掏出手機。

等等⋯⋯屏幕上出現的是什麼？

那是一瓶礦泉水，上面還寫着：「**冰水，跳入北極的感覺！**」

我揉了一下**雙眼**：到底是誰在跟我**開玩笑？**

起初我以為那是一條手機短信廣告，但事實上那是妮基發給我的MMS，她在短信中說：「你好，菲！我們在巴羅！」

阿拉斯加

看到這個地名，我在腦海中迅速搜索起世界地圖來。巴羅……我想到了！

在美洲大陸的最**北邊**！在阿拉斯加！

妮基在那兒做什麼呢？

短信後面是這樣寫的：「我、寶琳娜、薇歐萊特、潘蜜拉和科萊塔，菲姊妹全體都在這兒！快看看我們發給你的電子郵件，你就會知道到底是怎麼一回事了！」

好吧，既然如此，我還能怎麼辦呢？

MMS

MMS，是英文單詞Multimedia Messaging Service的縮寫，意思是「多媒體信息服務」。手機用戶可以利用流動電話來發送多媒體的短信息，內容包括文字、圖片、動畫、聲音和視像等。

討厭的  水！

跑步回家。

好好地洗了一個熱水澡

為自己準備了一杯 **熱茶**，然後……一口氣讀完了**俏鼠菲姊妹**的最新冒險奇遇！

19

歷史

阿拉斯加大陸是由俄羅斯海軍**維他斯·白令**和**阿列克謝·奇里科夫**在十八世紀上半葉探索北極地區時發現的。他們沿着俄羅斯西伯利亞北部海岸線一直航行到北美洲地區，發現了阿拉斯加的阿留申羣島、科曼多爾羣島和白令島。後來著名的航海家**詹姆斯·庫克**於1778年也曾到達該大陸。在1784年至1867年間，阿拉斯加大陸是俄國人的殖民地。直到1867年，這塊大陸才被賣給美國。1912年，美國在這裏設立阿拉斯加特區。1959年1月3日阿拉斯加才正式成為美國的第49個州。

阿拉斯加

州府：朱諾

人口最多的城市： 安克拉治

面積：1,717,854平方公里。

(阿拉斯加州是美國面積
最大的州。)

官方語言：英語

土著語言：因紐特語

地理

　　阿拉斯加位於美洲大陸，是美國面積最大的州份，而且唯一一個不與其他48個州接壤的州。阿拉斯加三面環海，一面與加拿大接壤。而對岸為俄羅斯，中間為**白令海峽**。

巴羅

　　巴羅位於阿拉斯加最北端，是美國最北邊的城市。巴羅屬於極地氣候，氣候嚴寒，終年被冰雪覆蓋，經常會有大風和雨雪天氣。巴羅的平均溫度為**零下25度**，但也可能低至**零下40度**呢。而且大部分日子的氣溫都維持零下幾十度的低溫。

藍色老鼠

大型集會

現在已是深秋季節，寒冷的北**風**吹過**鯨魚島**，預示着冬天即將來臨。

學生們紛紛選擇待在溫暖的**陶福特大學**教室裏。

在小花園的路上，學生們漸漸少了……

在資料室中，寶琳娜正在查看生態保護協會**藍色老鼠***發來的郵件，那是一份會議邀請通知。

由於這個會議每五年舉辦一次，因此這個機會非常難得。在這個**重要的**會議上，討論的主題是地球的「健康狀況」。

寶琳娜迅速瀏覽了一遍那張長長的邀請名單，她看到妮基的名字。但名單上有另外一個熟悉的名字，讓她突然**心跳**加速：阿什文·巴特那──「藍色老鼠」協會新德里分會的會員，他在印度！

他們是在一次夏令營活動中認識的。從那以後，寶琳娜就再也無法忘掉他了，也忘不掉

---

*藍色老鼠：你們還記得嗎？在《俏鼠菲姊妹》系列的第三冊《勇闖古迷宮》一書中，「藍色老鼠」曾經幫助過菲姊妹。

他那雙**黑眼睛**。因此，為了見到他，寶琳娜已經迫不及待地準備去世界的另一邊了！

「對了，會議在哪兒舉行呢？」她帶着這個疑問，繼續瀏覽着**電郵**內容。

看來，這次真的要去世界的盡頭了！

當妮基和寶琳娜告訴菲姊妹她們即將遠行去巴羅時，潘蜜拉**激動**地喊道：「**阿拉斯加**的巴羅？！太**不可思議**了！姊妹們，這太讓鼠嫉妒了！那兒的鼠過着我夢想中冰天雪地坐雪橇的生活！」

科萊塔也非常激動，她說：「去北極？在那麼**極端的**氣候下，皮膚會因乾燥而**龜裂**的！」

薇歐萊特**遲疑地**問：「**藍色老鼠**真的要在巴羅這樣偏僻的地方舉行會議？！」

「當然！」寶琳娜回答，然後她馬上接着說：「會議是由一個叫卡紐克・凱拉烏特的因

紐特男孩負責組織的，他是這個巴羅分會的主席兼秘書！」

薇歐萊特似乎有些困惑：「需要花很長的時間才能到**那兒**呢！」

「我們會離開這裏一周時間。」妮基說，「也許是十天……」

因紐特

因紐特人(Inuit)是北美洲的原住民之一，屬於愛斯基摩人的一支。在因紐特語中，「Inuit」的意思是「人類」。

因紐特人主要活在北極圈荒涼的地區。除了阿拉斯加外，因紐特人還分布在**加拿大**北部、**格陵蘭**地區和**亞洲**北部。他們還建立了因紐特人聯合會ICC (Inuit Circumpular Council)。這是一個代表因紐特人的國際組織，關注族人的權益和保護因紐特文化。

　　薇歐萊特瞪大了眼睛，問：「那麼比賽怎麼辦？！你們忘了我們還有**比賽嗎？**如果你們倆去**阿拉斯加**十天，我們就無法在規定的時間內完成報道了！」

　　薇歐萊特說得沒錯，潘蜜拉和妮基此時已經完全忘記有關比賽的事了⋯⋯

世界影像

以下是兩星期前發生的事。

陶皮德・馬里布蘭教授，是陶福特大學的**傳播學**老師，她鼓勵大家參加「世界影像」專題報道比賽。這次的參賽者可以是非專業**記者**，對於學生來說，這是一個讓新聞界認識自己的大好**機會**。因此，俏鼠菲姊妹決定參加比賽，進行一個有關**鯨魚島**的報道。

潘蜜拉是第一個贊同附和妮基與寶琳娜的，她

陶皮德・馬里布蘭教授

對大家說：「我覺得她們應該去巴羅！比賽有很多……而那個藍色老鼠**大會議**卻是每五年才召開一次！」

妮基感激地笑了笑，寶琳娜卻有些不自在。因為一方面她已經答應了薇歐萊特一起參加比賽，不想讓她失望；另一方面，她又很關心藍色老鼠的環境保護工作。她該怎麼辦呢？

「藍色老鼠協會就不能選一個比較近的地方開會嗎？你們可以提建議呀！」**科萊塔**說，「這樣你們就能節省時間了！嗯，會議應該在……」

妮基迅速反應過來：「那麼我們現在就打電話給阿什文嗎？」

寶琳娜欣然接受了她的建議。

她把電腦連接互聯網，然後打出視像電話到遙遠的印度。沒過多久，一個印度男孩微笑的面容就出現在電腦上，並照亮了屏幕。

　　就這樣，視像會議開始了！

視像會議

　　視像會議是一種遠距離的通訊方式，通過設有網絡攝影機的電腦或智能電話來**聯繫遠方**。透過視像會議，人們可以聯繫遠方的人，包括兩人或多人參與同步進行文字、語音和視像交流。

我們去拯救阿拉斯加！

「大家知道為什麼我們選擇在 **阿拉斯加** 州最北的城市巴羅舉行會議嗎？」 **阿什文** 說，「因為我們當地分會的負責鼠卡紐克提供了一份報告，那是一個關於當地冰川狀況的 **警報！** 」

此時，科萊塔和薇歐萊特也對阿什文的解釋產生了興趣，於是開始認真傾聽。

「 **全球變暖** 正在引發一系列的環境問題。首當其衝的就是北極的冰川，它們正在慢慢融化！不僅如此，卡紐

克的**儀器**檢測到近來兩極地帶的巨大浮冰羣突然出現晃動，這意味着當地有大型冰山正在移動，這種情況跟**夏天**的時候一樣！」

聽到這番話，菲姊妹們互相交換了一個眼神，她們都想去看看**北極**的生態環境發生了什麼變化！

視像會議結束後，薇歐萊特提議說：「我有個主意，大家可以一起去巴羅完成這次參賽的專題**報道**，不要報道鯨魚島了，就改為進行**阿拉斯加冰川**的專題報道吧！」

「**同意**」潘蜜拉喊，然後跟薇歐萊特擊掌歡呼。

菲姊妹們都為這次北極旅行而**激動雀躍**。

北極圈

北極圈是指地球上位於北緯66.5°的一個假想圈，由北冰洋以及周邊陸地組成，其陸地部分包括了格陵蘭、北歐三國、俄羅斯北部、美國阿拉斯加北部以及加拿大北部。北極圈內氣候嚴寒，因此圈內的生物種類很少，植物以地衣、苔蘚為主，動物則有北極熊、海豹、鯨等。

在北極圈地區，夏天會出現極晝，而在冬天會出現極夜的自然現象，那就是一整天二十四小時內都是白天或黑夜。

浮冰

浮冰是指在海面上**漂浮的冰塊**。在極地地區，環境冰冷，海面上會因海水的溫度低於攝氏零度而凝結成薄冰塊。另外，有的浮冰則是從冰山上脫落到海面上，隨水漂浮，這種極地浮冰被稱為Arctic ice pack。

冰山

「冰山」一詞是來自荷蘭語。**冰山** (Iceberg) 是指從冰川或冰架上崩裂、脫落分離而來的淡水冰塊。因為冰的密度比水小，冰山就能在海面漂浮。（冰山在水中的部分要高於水上部分約**7~10倍**）。

冰山的形態千變萬化，那是由於極地的強風和海浪會產生侵蝕作用，而陽光亦令冰塊融化。

在極地，海面上常常有巨大的冰塊，給航海安全帶來威脅。例如當船隻航行時，可能會遇上冰塊從冰山上崩裂下來的危險情況。另外，船隻或有機會撞上海牀中的大型冰架，造成船隻嚴重損壞。

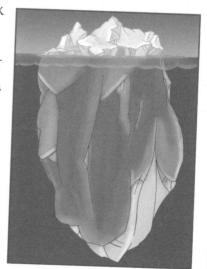

科萊塔也準備豁出去，不再顧慮她細膩的

皮膚了。

　　「請假申請呢？」寶琳娜喊道，「**校長**會允許我們五個一起去嗎？」

漫長的等待！

在校長辦公室緊閉的門外，五個女孩正在

徘徊，屏氣凝神，靜靜地等待着。

奧塔夫校長會同意讓菲姊妹們在學期還

沒結束時離開校園嗎？

菲姊妹們覺得校長不會輕易批准！因此，她們首先去找馬里布蘭**教授**商議，希望獲得她的支持。

馬里布蘭教授聽過菲姊妹的**想法**後，高興地說：「報道阿拉斯加？**太好了**！」

陶皮德‧馬里布蘭教授不僅僅是新聞傳播學（即她所教授的課程）的專家，同時也是一位**生態學**愛好者。正因如此，她立刻就意識到女孩們此行的重要性，而且，她認為這次專題報道將會幫助更多的鼠了解北極冰川的危急情況！

於是，馬里布蘭教授主動提出她會去跟校長說明情況，**介紹**女孩們的計劃，爭取校長的支持。

但是，過了好久，校長辦公室的門還是**緊閉着**！

　　此時此刻，急性子的潘蜜拉實在沒耐心等下去了，雖然她知道在門外偷聽是**很不禮貌**的，但她還是忍不住湊近房門。

　　「**你在做什麼？！**」薇歐萊特斥責她。

　　潘蜜拉示意大家不要說話。

　　就在這時，門打開了，潘蜜拉很尷尬，而且差點兒摔倒在地。

校長打量了一下潘蜜拉，面帶善意地**取笑**她：「潘蜜拉，這扇門不用你扶，它不會倒下的……」

　　潘蜜拉的臉「唰」地變得通**紅**了。

　　校長**繼續**說：「現在，我要通知你們……你們可以出發了！」

　　「**太好了**！」菲姊妹們頓時難以抑制內心的喜悅，激動地大喊起來。

出發去安克拉治

這次，**俏鼠菲姊妹**要經歷一次前所未有的旅行，旅程漫長又**複雜**。

黎明時分，菲姊妹們乘船到達老鼠島托帕紫亞，然後乘搭**的士**去機場。

經過一段長時間的飛行後，她們終於到達了美國**紐約**，之後她們從紐約機場轉乘美國內陸航班沿太平洋海岸線**飛往**西雅圖。

到達西雅圖後，女孩們接着再乘坐前往**阿拉斯加**

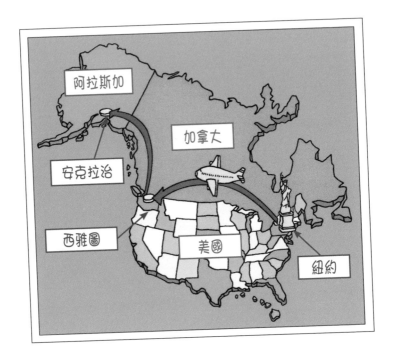

安克拉治的航班！這是整整**37**個小時的飛行旅程！

　　在飛機上，科萊塔坐在靠窗的位置，她是第一個看見飛機下出現**波光粼粼**的海面和海岸線的。

　　「**你們看！**」她大喊。

薇歐萊特開始查閱旅行指南，然後說：「我們正在**飛越**基奈半島！安克拉治是美國最北方的主要城市。安克拉治位於阿拉斯加中南部，庫克灣的西北方。」

幾分鐘後，她們便看到地面上的建築物和**摩天大樓**被海洋、**森林**和高山環抱着，這裏就是安克拉治了。

妮基看着眼前的美麗風光，她驚呆了。

> ## 安克拉治
>
> 安克拉治是美國阿拉斯加州最大的城市，於1912年成為美國的領土。安克拉治目前擁有約27萬人口。當地的主要經濟來源是石油和天然氣資源開採，還有漁業和觀光業。

「真是令人**難以置信**！」潘蜜拉接着說，「這明明是一座現代化的城市，但我感覺像是來到了世界**最大的**自然公園！」

飛機在安克拉治着陸後，女孩們立即出發去**北極鼠旅館**，所有的**藍色老鼠**成員都

熱烈歡迎

會在那兒集合。

當菲姊妹們抵達旅館時，她們一眼便看到室內排起了一幅大的橫額，上面寫着：

「熱烈歡迎藍色老鼠！」

阿拉斯加的歷史

1867年，美國國務卿**威廉·西華德**以720萬美金（即每英畝不到一美分）的價格從俄羅斯手中購得阿拉斯加。然而，此次收購當時並不被美國人看好，他們都認為阿拉斯加僅僅是一塊冰雪覆蓋的不毛之地。因此，阿拉斯加被戲稱為「西華德的蠢事」或「西華德的冰箱」。後來，美國人和俄羅斯人都沒有預料到人們居然能從這個「冰箱」中提取出**石油、天然氣、煤、黃金**，以及其他珍貴金屬。

藍色老鼠！

來自全世界的朋友！

妮基和寶琳娜馬上就被藍色老鼠的成員圍住了。大家**很高興**能夠在這裏相遇。這似乎成了一個家庭聚會，一個由來自世界各地的成員所組成的**大家庭**！

妮基和寶琳娜為大家介紹了潘蜜拉、薇歐萊特和科萊塔，她們都正在好奇地聆聽大家談話。

外面的氣溫已經降到零下幾度，但旅館內的氣氛卻十分**熱烈**！

四十多個藍色老鼠成員和俏鼠菲姊妹圍坐在一張**長長的**桌子前。大家高興地喝熱湯，吃着蒜香煎乳酪。

6 約書亞

8 坎迪

5 基馬爾

7 裕子

桌上的湯快放涼了，乳酪快**融化了**，不過大家毫不在意，因為他們的嘴巴實在**太忙了**。這批來自世界各地的旅行者們都急着和大家分享自己的冒險奇遇、旅行趣聞和各種資訊。

阿什文成為了全場的焦點。很明顯，他擁有英俊的外貌和獨特的魅力，很快就征服了現場**所有**藍色老鼠協會的成員。而在場的女孩們……

他旁邊的座位**馬上**就被妮基和寶琳娜搶佔了。在爭奪座位時，她倆**冷冷地**相互看了一眼，也許，兩個人之間暗地裏的競爭就由此開始了。其他的**女孩**則纏着阿什文問東問西。

科萊塔**好奇地**打量着這一幕。與此同時，她已經吸引了在場男孩們的注意，他們都爭先恐後地表現自己，想要吸引她的注意！

極地野生動物

在阿拉斯加寒冷的山區裏，住着不少適應力強的野生動物，包括駝鹿、黑尾鹿、馴鹿、山羊、綿羊、熊和狼等。

而在冰川及附近的海域中，也有不少海洋生物棲息，例如：**海豹、海豚、鯨魚、海獅、海獺和海象**。在阿拉斯加，每年夏天都有成千上萬的野生三文魚游到自己的出生地，並在該河川上游產卵繁殖。雖然阿拉斯加的三文魚目前還沒有瀕臨滅絕的危險，但是人們應注意減少食用瀕危的魚類。

另外，阿拉斯加還有許多種鳥類，其中包括**北美鷹**，牠的雙翼展開時可長達2米！

終於到達巴羅！

第二天早上，**藍色老鼠**協會的全體成員登上一架波音737飛機，出發前往巴羅。

「你從來沒有去過**巴羅**的藍色老鼠分部嗎？」妮基首先打開話匣子，問阿什文。

「沒去過。巴羅的分部才剛成立一年，而且只有一位成員……」阿什文**笑着**回答她，「但卡紐克真的很**能幹**呢！這次大會的所有事情都是他一手籌備的。他竟然有法子把我們所有鼠全體安頓在他**父母**的賓館

巴羅

巴羅位於北冰洋岸邊。巴羅從五月中旬到八月初每天有24小時的日照時間，而從十一月中旬到二月初則全天都是夜晚，即天空僅能被落日餘暉、月光、北極光照亮。

裏，厲害吧！」

「那裏能住下所有鼠？」科萊塔湊過來問道。

「我覺得其實也不是那麼多鼠。」阿什文轉過身來回答道，「在巴羅，旅遊旺季已經過去了。」

妮基對科萊塔的搭訕感到有點**惱火**。

「她明明已經有那麼多追求者了，難道還想**試圖**吸引阿什文的注意嗎？」她想。

當大家**下飛機**時，已經快到中午了。但是，巴羅的天色看來卻是**夜晚**！

黑暗籠罩了天空，在遙遠的地平線上還透出一絲光線。天空中突然出現了**迷人的**極光現象，彷彿特意向大家表示歡迎。所有鼠都頓時停下了腳步，欣賞着這美麗的一幕。

北極光

　　北極光（Aurora）是一種自然現象，由太陽的高能帶電粒子流（太陽風）引起的，一般會持續出現幾個小時。當帶電粒子被地球的磁場吸引，流進大氣層時，帶電粒子與大氣中的原子和分子發生激烈的碰撞，然後在天空中形成不同顏色的弧形光線，例如綠色、藍色或紅色。

　　數百年前，人們已發現北極的夜空中會出現絢麗多彩的極光，並有不同的說法和解釋。到十七世紀初，伽利略以羅馬神話的曙光女神奧羅拉之名創造出「aurora borealis」一詞來命名北極光現象。後來，法國數學家皮埃爾·伽桑狄亦於1621年以希臘語的「北風」把極光稱為「Boreas」。

但是沒過多久，大家便不得不向前加快了腳步，因為刺骨的**寒風**像**細針**一樣扎在他們的臉頰上。而科萊塔此時有些慶幸自己早已把**頭髮**塞進羊毛帽子裏，讓秀髮得到一層保護！走着走着，大家很快就發現身上穿的大衣和**皮靴**在這樣**嚴寒**的天氣裏根本不足以禦寒！

卡紐克指着機場裏一家名為「北極禦寒服裝」的專賣店，示意大家趕快進入店舖。

卡紐克・凱拉烏特

他說：「雪靴、手套和有頭套的毛皮大衣，這些都是來阿拉斯加的必要裝備！」

再沒有比這更令大家開心的**歡迎**儀

式了。

「這些衣服的設計看來很傳統，但其實採用了先進的禦寒**技術**製作而成的。這些才是在極地**天氣**下最好的禦寒衣物。」卡紐克解釋道。

妮基看着手套的設計，興奮地大喊：「真是**太漂亮**了！」

「衣服摸上去很**柔軟**！」潘蜜拉一邊試着一件大衣，一邊摸着衣服的材質説。

薇歐萊特穿上雪靴後，頓時感到一股暖流從**腳底**傳遍全身。她感激地説：「太感謝了，很**暖和**！」

當所有鼠都選好裝備後，卡紐克對大家説：「好了！有了這些裝備，你們就再也不怕冷了！現在，大家去看看**雪地電單車**吧！」

大衣

雪靴

手套

當潘蜜拉一聽到「雪地電單車」這個名字，她就馬上用比**導彈**還快的速度衝出商店，跑到停車場，**跳到**一輛雪地電單車的駕駛座上。

「讓我來駕駛吧！求你了，求你了，求你了！」

卡紐克看着她，哈哈大笑起來。

凱拉烏特賓館

卡紐克<ruby>家<rt>jiā</rt></ruby>的賓館位於巴羅的郊區，距離市區很遠。

這羣新認識的<ruby>朋友<rt>péng yǒu</rt></ruby>一起出發，車隊快速駛過灰色的<ruby>街道<rt>jiē dào</rt></ruby>。整個街區都沉浸在昏暗的燈光中，給人一片荒涼的感覺。

周圍的房子看起來似乎都一樣，很矮的平房而且沒有花巧的設計。

雖然大家已穿上了剛買的**溫暖的**大衣，但這裏刺骨的寒風和大雪，對於來自温帶的**藍色老鼠**成員們來說還是難以適應。

總之，潘蜜拉是唯一一個**非常享受**這一刻的鼠，她**駕駛着**雪地電單車在雪地上靈活地穿行。

如果不是卡紐克停車，大家根本不能分辨出前面這幢房子是一座賓館，因為它和周圍其他建築並沒有什麼不同。

　　卡紐克看着大家臉上驚訝的表情，微笑着說：「失望了？你們以為我家的賓館是一幢很高的房子？哈哈！是這樣的，這兒的土地都是永久凍土，地下土層完全是**凍住**了的！我們只能把房子建在樁基上，而且房子不能太**重**！所以我們的房子都是很矮的平房。」

　　他一邊說，一邊打開賓館大門……這時，

凍土

　　在寒冷的土地上，土壤的溫度低於攝氏零度時便會凍結起來，這種凍結的土壤當中包括泥土、石頭和沈積物，被稱為凍土。而永久凍土(Pemafrost)則是指連續兩年或以上溫度保持低於攝氏零度以下的土壤。

　　凍土的表面冰層表面會因為環境溫度的升高而融化，因此人們在凍土原上建房子時，人們要挖掘到土層深處作地基才能把房子固定在冰層上。

一道**彩虹**映入大家的眼簾!

　　儘管外面的環境冰冷灰暗,但房子的裏面卻很**溫暖**舒適,裝潢別致。大廳的地板鋪上**柔軟**、名貴的地毯,還有舒適的沙發。而牆身則是**木質**的,牆上還特別掛上很多**彩色的**畫!

　　「真漂亮!」妮基走近牆上最大的一幅畫,驚歎地說,「這幅畫是誰畫的?」

「我爺爺畫的。」卡紐克回答説，「我爺爺是一位藝術家，而我哥哥繼承了爺爺的**才華**。賓館裏的大廳牆上掛着的都是他倆的作品！」

此時，卡紐克的媽媽、最年幼的弟弟和爺爺紛紛**微笑**着走出來，手裏還端着**熱茶**，熱情地迎接剛抵達的客鼠們。

大家接受了**因紐特鼠**傳統熱情的歡迎儀式：先是熱烈地互相擁抱，然後互相蹭一蹭鼻子！

問候

世界上的每個民族都有不同的問候方式。除了我們最常見的握手、擁抱、親吻臉頰外，還有其他不同的問候方式，例如作揖、鞠躬和雙手在胸前合十等等。人類行為學的學者整理出約有二十五種以上的問候方式。而因紐特人則是以碰鼻子來打招呼。

因紐特鼠的嘉年華！

第一天下午，**俏鼠菲姊妹**和藍色老鼠的成員互相認識了一下。卡紐克則表現了其出色的組織能力。在哥哥帕米克的幫助下，卡紐克在賓館門前的空曠地方舉辦了一場完美的因紐特式的**嘉年華活動**。

所有鼠都想參加呢。

妮基和潘蜜拉敲打着冰柱，發出叮叮噹噹的悅耳響聲，像是在演奏一組**搖滾樂**……不過敲打力度控制要分明，演奏難度挺高的！

而薇歐萊特只對古典音樂感興趣，**似乎**不太喜歡這類音樂……

另一方面，寶琳娜參加了緊張刺激的冰壺

冰壺

冰壺是一種在冰上進行類似滾球的團體運動。由兩隊隊伍進行對壘，每隊有4人。這種運動使用以花岡岩石製的「石壺」來進行冰上滑行比賽。運動員需要把石壺擲進得分區，而且要想法子把對手的石壺撞開以取得有利位置，而石壺的位置越接近圓心得分就越高。

比賽，她選擇加入阿什文的*隊伍*。

潘蜜拉則參加了雪地電單車比賽，成績僅次於帕米克，是第二個衝到終點的選手。而她後面跟隨的是伊凡和他的朋友艾里克。

過了一會兒，卡紐克的爺爺拖着一張很大的毯子過來。這張又大又**重**的圓毯子是用來做什麼的呢？

爺爺請了幾個**強壯的**年輕鼠來幫忙，叫他們一起把毯子拉緊。

「這個叫做『跳毯』。冰川地區既沒有樹也沒有山丘，我們**因紐特鼠**可以用跳毯來『跳高望遠』！」

菲姊妹們一臉疑惑地互相看了看。

爺爺繼續說:「直到今天,我們仍然保留了這種傳統運動。它就像現在的『跳彈牀』運動,是一種在**空中**翻滾的運動遊戲,有助我們鍛煉身體。」

妮基和潘蜜拉搶先**爬上**了跳毯。

「**唷!唷!唷!**」大家都發出這種呼喊聲,同時向上使勁兒抖着毯子。

科萊塔和其他鼠一樣有**節奏**地喊着,忽然阿什文拉住她說:「來吧!我們也去試試!」

科萊塔有些**害怕**,但她不好意思當眾拒絕他。於是……她**瞬間**就跳到空中,估計有四米高!

寶琳娜和妮基注意到這一幕,她們互相交換了一個**眼神**。

難道她們嫉妒了?

艾爾納奈克出事了？

　　這些**嘉年華活動**辦得十分精彩，可是，卡紐克卻表現出一副**心神不安**的樣子。

　　大家盡情享受這歡樂的氣氛，只有卡紐克不時抬頭望向遠方的**地平線**。

　　薇歐萊特走近他，擔心地問：「卡紐克，有什麼事嗎？是不是壞天氣快來了？」

　　他回答道：「不，不是……其實是，我沒看見他來。但是，他答應我要來的！」

　　「不好意思……你在說誰？」薇歐萊特問。

　　此時，卡紐克的**爺爺**插話道：「卡紐克，你應該很清楚，艾爾納奈克受不了城市環境的！他怎麼會願意靠近羣體呢？他是一個

獨行俠，喜歡和他的狗自由自在地在鄉郊生活。當他想**停下來**休息的時候，就會建一間圓頂的**冰屋**！」

「可是，他答應過我會來的！」卡紐克**倔強地**重複了一遍。然後，他轉身向薇歐萊特解釋道：「艾爾納奈克是爺爺的一位好朋友。我非常敬重他……他曾向我保證會來這兒和**藍色老鼠**的成員談談這兒的環境變化，而且，他一直是個很守信用的鼠！」

冰屋

冰屋(Igloo)是一種以堅實的雪磚來建造的房子，通常是圓頂的。因紐特語iglu的意思是指「房屋」。後來，世界各地的人漸漸以Igloo來專門指這種用冰雪建造的圓頂冰屋。

卡紐克的爺爺也擔心地**望着**地平線的方向。此時，天色已經變**黑**了，最後的餘暉也消

失了。

「如果是這樣，他一定是被什麼事絆阻了！」卡紐克的爺爺分析道。

溫度計所顯示的溫度，低得讓鼠**無法忍受**。菲姊妹們和大家一起回到賓館，他們繼續**興高采烈**地喊着唱着。

大家仍然沉浸在歡樂中，互相説笑，直到……

「**安靜**！」卡紐克大喊道。

所有鼠都**吃驚**地安靜下來。

「你們聽……」卡紐克小聲地説，同時把耳朵貼在窗户上仔細地聽着。

大家也沒聽到什麼特別聲音。

但卡紐克**跑向**門口，把門打開了。

雖然外面的風聲很大，但他還是聽到了遠處傳來的狗吠聲！

「**嗷嗷嗷**！」

卡紐克跑向門外，奔向黑夜的冷風中。

「基米！」

「汪！汪！汪！」這是狗兒的回應。

基米是一隻漂亮的阿拉斯加雪橇犬，身上有狼的**血統**。卡紐克向大家解釋說，牠是艾爾納奈克的領頭犬。

可是，牠怎麼會**獨自**到這兒呢？

卡紐克把這隻雪橇犬帶到**溫暖的**室內，

阿拉斯加雪橇犬

阿拉斯加雪橇犬是一種居於極地體格強健、四肢強壯有力的狗。牠們能適應極端的低溫和風雪，性格忠誠，而且堅忍有耐力。從前，人們在極地主要利用這種強壯耐寒的雪橇犬來拉動雪橇作為原始的交通工具。

阿拉斯加雪橇犬是一種十分古老的犬種，據說，這種犬類是幾千年前跟隨着人們從**白令海峽**遷徙到阿拉斯加的。

線索！

牠看起來已經筋疲力盡了。

　　卡紐克示意大家不要離雪橇犬基米太近，以免**嚇到**牠。他給基米蓋了一張毯子，然後給牠**食物**和飲料，最後用一條毛巾幫牠**擦乾**背部的雪水。

　　就這樣，卡紐克熟練地幫雪橇犬取暖，並安撫牠。

然後卡紐克問牠：「基米，艾爾納奈克爺爺在哪兒？你從哪兒來的？」

基米把鼻子 **朝着** 門外抽了抽，長長地嗥了一聲。

嗷嗷嗷——

 艾爾納奈克發生了什麼事？
為什麼他的狗會獨自跑來呢？

基米，最棒的雪橇犬

爺爺此時站出來説：「艾爾納奈克一定是遇到危險了！這隻雪橇犬是他派來求救的！」

「你説得有道理，爺爺！」卡紐克説，「我去找他。不能再浪費時間了！」

「但是，外面起碼有零下二十度！」鼠羣中的一個男孩説。他真的無法忍受這兒的寒冷天氣，即使是在賓館裏，他也沒脱掉身上的大衣。一想到要出去，他就開始打寒戰了。

其實，一説到出門，所有鼠都覺得格外寒冷……

「正因為這樣，我必須馬上出去找他！」卡紐克的聲音很堅定。

阿什文馬上説：「我和你一起去！黑暗

中，兩雙眼睛總比一雙眼睛看得清楚！」

「我們也去！」潘蜜拉代表**菲姊妹**踴躍報名。

她們真的不想留在賓館裏等消息。只有科萊塔**不情願地**退到後面：「乞嚏！姊妹們，我覺得我不能出去了……**乞嚏！乞嚏！乞嚏！**我好像感冒了……」

薇歐萊特安慰她說：「別擔心，蔻蔻。你最好待在暖和的地方好好休息。這兒的寒風真

是冷得刺骨！」

「你們至少得知道往哪個方向找吧？」吉爾楚伊問道，她是一個可愛的荷蘭女孩。

「基米會帶路。」卡紐克回答她，「你們看，牠已經恢復過來了。牠現在非常渴望回到艾爾納奈克身邊了！」

果然如此，當基米的身體稍為暖和後，牠用爪子刮着門，迫不及待地想要衝出去。

一躍而起，

卡紐克先把自己的雪橇犬隊帶到雪橇前套好，他讓基米自由地待在一旁。這是為了讓基米在夜間給大家帶路。

阿什文和潘蜜拉已經分別坐上了雪地電單車。

妮基和寶琳娜爭着想要坐到阿什文後面，但位置只有一個，最後妮基贏了。寶琳娜坐在潘蜜拉的車後面，轉頭看着妮基。

薇歐萊特並沒有錯過這場無聲的爭吵。當大家在安克拉治跟阿什文初次見面時，薇歐

萊特就已經注意到妮基和寶琳娜之間有些不對勁了。她倆除了互相**嫉妒**對方，還對科萊塔有些敵意。

薇歐萊特坐上了卡紐克的雪橇，坐在溫暖的毯子上。然後，她**擔憂地**注視著前方雪地上兩輛正在快速行駛的雪地電單車，心想，難道**菲姊妹**之間的友誼會因為某種複雜的感情，而受到巨大的挑戰嗎？

難道是因為……**愛？**

雪橇犬隊

雪橇犬隊(Sled dogs)是指為人類拉動雪橇的雪橇犬隊伍，每隊最少有12隻雪橇犬，牠們每兩隻並列成一對，排列成隊。在雪橇犬隊中，排在最前方的是領頭犬，牠們是犬隊中最聰明、機警和嗅覺靈敏的，隊伍中的犬都各有不同的角色，而排在最末的犬則是體型大且強壯的。最後，在雪橇上負責指揮犬隊的人稱為musher，這個詞源自法語「marchez」(意思是出發)。人們會用不同的指令來指揮犬隊，例如「mush」(即前進)、「gee」(即右轉)、「haw」(即左轉)等，有的更會用鞭子來輔助控制犬隊。

夜晚的爆炸聲

外面一片**漆黑**，不一會兒，阿什文和菲姊妹們就**消失**在黑暗中。即使他們在視線中消失了，但大家還能聽到雪橇犬的吠叫聲和雪地電單車的**引擎聲**。

嗚嗚嗚嗚嗚嗚

嗡 嗡 嗡嗡 轟 轟 轟 轟 轟

基米在前面有**節奏地**飛跑着，牠急着回到自己的主人身邊。

這隻雪橇犬真是一個長跑**冠軍**！

就連卡紐克的雪橇犬隊也**不得不**跟着加快了步伐。

不過，真正的比賽是在兩輛**雪地電**

單車之間展開的。潘蜜拉已經踩了油門，阿什文也不甘示弱。當潘蜜拉從一個雪坑上**飛了**過去，阿什文就會從下一個坑上飛過。

妮基在車後座緊緊地抱着阿什文，這不是因為想要親近他，而是她真的**害怕**被甩出去。

寶琳娜和平時一樣，以**親昵的**語氣告訴潘蜜拉別開太快，以免離其他鼠太遠了，她說：「我們得聚在一起！不能跟丟了他們！」

其實她真正想說的是：「我不想讓妮基和阿什文單獨在一起！」

此刻，她滿腦子想的是她的**朋友**究竟在想什麼！

實際上，妮基感到後悔。她不知道自己坐上阿什文的雪地電單車到底是算不算明智的選擇。

引擎的轟鳴聲**震耳欲聾**，妮基好像聽到阿什文在喊着：「哇！馬力真強！」

真是難得，在這種驚險時刻他還**有樂趣**欣賞車的性能！妮基簡直不敢相信自己的耳朵。

突然，阿什文不像之前那麼*陶醉*了⋯⋯

本來一臉興奮的他被另外一陣震耳欲聾的響聲嚇倒了。

線索！

突如其來的轟鳴聲震動了凍土層，也讓妮基的心*跳到了*嗓子眼兒。

潘蜜拉也被這聲巨響嚇壞了，她的雪地電

單車差點兒失控，還好她及時剎車停了下來。

「發生什麼事了？！」潘蜜拉一臉吃驚地問。

卡紐克看到冰面上的裂縫，擔憂地回答道：「是爆炸！」

在北極深夜裏怎麼會發生爆炸？
這會導致什麼後果呢？

長時間的討論

此時，在賓館裏留守的**藍色老鼠**成員們正在聊天消磨時間。

「**乞嚏！乞嚏！**」

科萊塔一直不停地打噴嚏，於是帕米克給她沖了一杯熱騰騰的藥汁，味道很**難聞**，裏面放了魚油和乾草藥。

「這藥很有效的！當我們生病發熱時，我媽媽經常用它給我們**降溫**。不信你試試看，保證明天你就會好了！」帕米克這樣向科萊塔保證説。

「謝謝！但……乞嗤！」科萊塔本想婉拒的，但是自己現在狀況的確不好。

再看到帕米克這樣篤定，她只好捏着自己的鼻子，閉上眼睛，一口氣把藥灌了下去。

然後，科萊塔睜大眼睛，連忙用一隻手爪摀住嘴。

她長這麼大從沒喝過這麼怪味道的東西！

嗝！

吉爾楚伊看着她，說：「你的臉色好蒼白！你怎麼了？科萊塔？！」

「我……我……嘔……嗚……」

科萊塔含混不清地一邊說

一邊作嘔和咳嗽，大家都被她滑稽的模樣逗笑了。

在大廳內，大家在一起相處得很愉快，他們漫無邊際地談論着不同的話題，有關烹調、生態、電影、網絡、運動……

裕子開始誇讚阿什文：「阿什文真是個**全能冠軍！**不論是什麼運動，他都很擅長呢！」

「什麼冠軍？！」伊凡有些**異議**，他說，「他肯定沒參加過真正的**馬拉松式**的越野滑雪賽。我猜阿什文很可能沒得過一枚獎章吧！」

一個墨西哥男孩羅納多馬上插話道：「如果是**跳彈牀**比賽，我每次都是冠軍！」

「我曾爬上阿爾卑斯山的**最高峯！**」意大利男孩吉吉也不甘示弱地說道。

「我曾橫渡英吉利海峽！」

「我是空手道黑帶！」

「我曾試過跳傘！」

總之，大家都有值得炫耀的事情。

突然，旁邊的帕米克大聲說：「這個**夏天**，我在真正的**尤米安克**上釣過魚！」

所有鼠都轉過身看着這個男孩。

「尤米安克？！」所有的藍色老鼠成員齊聲發問，因為誰都沒聽過這個地方。

帕米克指着牆上一幅畫，上面畫的是鼠們在布滿浮冰的海上捕魚的場景，說：「這一條是我們的小船，看來很傳統吧！是我爺爺的，這艘尤米安克是他年輕時用的船！你們想看嗎？」

講述過去的故事

可是，帕米克的爺爺不怎麼贊成地搖了搖頭。因為他很愛惜他的尤米安克，並不想把它像一幅畫一樣拿出來給大家展覽。

但大家的**好奇**和**熱情**，讓他很快就改變了主意。

「好吧，帕米克！不過，我必須先跟大家説一下。」**爺爺**説，「你們用眼睛看，只能看到一艘**舊船**。但如果你們用**心♥**去看，就能體會一艘尤米安克對於因紐特鼠來説有多重要

凱拉烏特爺爺

了！」

　　爺爺打開一本舊相冊，翻看起來。

　　「這就是因紐特的**土地**，一片由冰雪組成的大地，沒有任何可供耕種的土地，沒有樹木提供**木材**來建造房子，甚至沒有可用來生火取暖的木材！」

我們必須用冰來建造房子。

我們得用自己的雙手去做每一件事。
每個鼠都要竭力貢獻自己的力量。

爺爺停了一下，然後繼續説道：「你們是坐**飛機**到這兒的吧？在我小時候，所有鼠們只有坐船才能**到這兒**，而且只能在夏天坐船。因此，坐船的機會是**很珍貴**的，除此之外，我們沒有其他的外出方法！船隻到達這裏，短暫地停留過後就會離開，之後一整年，我們都不會見到這艘船了！」

年輕的男孩們都認真地聽着。科萊塔無法想像在沒有水果、沒有鮮花……甚至連香水和面霜都沒有的世界該怎麼生活！

爺爺繼續說：「那個時候，既沒有雪地電單車，也沒有機動船，我們只能利用有限的資源！一切都要靠我們的雙手，我們這兒的鼠世世代代均以打獵和捕魚為生！」

爺爺指着牆上最大的那幅畫，說：「在海上航行需要船。但那個時候我們並沒有造船的木頭！所以，我們發明了尤米安克！」

此時，爺爺站起身來，示意大家跟上。他帶着大家穿過一條長長的通道，走進一個和賓館相連的屋棚子裏。

房子中間，一般小船被倒扣在兩個木展台上，木製的骨架上覆蓋着一層手縫的海豹皮子。

這位因紐特老爺爺用手輕輕地撫着船

在海上航行需要船，
因此我們發明了尤米安克！

的龍骨，説：「這就是尤米安克！」

伊凡出神地看着這艘船，問：「啊？！這就是？！我想，要是我上了這船，船肯定會沉的！」

「哈！哈！哈！」爺爺開心地笑了。

「你太小看尤米安克了，孩子！這艘船可以載重八個鼠！我這輩子都是乘坐這艘船去釣魚的。」

艾里克來自挪威，他圍着這艘船轉了一圈，然後欣喜地説：「這麼**輕**……它在海上一定速度飛快！」

「**非常非常快！**」帕米克對這一點非常確定。

「但是要駕馭它可不是一件容易的事，那需要很多技巧！」

可怕的夜晚

此時，外面仍然是**寒冷**的黑夜。卡紐克正在雪地裏揮舞着鞭子，大喊着：「**呦！呦！呦！**」

基米已經在他的視線中消失了。在聽到**神秘的**爆炸聲後，基米大叫着向前跑了，而雪橇犬隊沒能跟上基米。

那聲**巨響**到底是什麼呢？至今還是個謎……

他們來到了納納瓦灣，一個荒蕪的區域，位於巴羅市區**西部**。

卡紐克已經無法判斷基米去了哪裏，他不能分辨出遠處傳來的聲音和自己雪橇犬隊**震耳欲聾**的吠叫聲。

這時，卡紐克鬆開了狗隻的韁繩，希望他的雪橇犬能發現基米的蹤跡。這些都是他**最好的**工作犬，牠們有異常靈敏的聽力和嗅覺。

阿什文也**停了下來**。此刻，他惟恐一不留神就會跟丟了卡紐克。

面對四周**黑暗**的環境，妮基的**心跳**♡開始加速，而且開始**氣喘**了。每當她身處封閉或狹窄的環境中都會有這樣的情況。（還記得嗎？妮基有幽閉恐懼症呢！）因此，在漆黑一片的**夜晚**，她也會感到十分不安。

「**冷靜點兒！**」她命令自己，「這是在戶外，不是在封閉的環境中！」

畢宿五

參宿四

獵戶座腰帶

參宿七

然後，她下意識地**看了看**周圍，可是漆黑一片，什麼也看不到。

她抬頭看了看天空。天上光亮的**羣星**給了她很大的安慰。

太美了！

她認出了金牛座和獵戶座。傳說金牛座是一個跑得氣喘吁吁的金

牛，身後跟着的是正在*追趕*牠的獵人，即獵戶座。

看着看着，妮基的呼吸回復正常了，她終於可以分散注意力，不再想那些令她**害怕**的事情！

突然，潘蜜拉大喊一聲：「**救命**﹗﹗﹗」

星星

在北極，環境十分荒蕪，因此人們在空曠的冰川上行走時，難以辨認方向，就像在廣闊的大海上航行一樣。而古老的因紐特人懂得以觀察夜空星象來辨別方向，這種天文知識代代相傳。從前，在極地，當男人出去尋找食物時，全家都會陪他一起。而在旅程中，父親會給孩子講解天上星宿的位置，而母親也會給孩子講述有關星空的故事。

原來是她的 **雪地電單車** 前燈照亮了前面的雪地，這當然沒有什麼可怕，但可怕的是，前方突然出現一羣 **狂暴** 的雪狼。

這些動物看上去非常……

危急關頭，潘蜜拉猛地把車轉向一邊來個急轉彎。但是，此刻的 **雪地電單車** 就像一匹脫韁的野馬，急剎車也 **停不下來了**。

潘蜜拉和寶琳娜被拋到空中，然後摔在 **雪地** 上。

一個雪窟

幸運的是，把潘蜜拉嚇到的動物並不是狼，而是艾爾納奈克的雪橇犬隊！

艾爾納奈克從**雪堆**最高處探出頭來，懷裏還抱着一隻狗。

艾爾納奈克

雖然他們**受了一點傷**……還好，最後都**安全了**！

為了求生，艾爾納奈克在雪中**挖了**一個洞做了一個臨時棲身處來躲避風雪，並等待救援。

他堅信他那隻忠實的雪橇犬基米一定不會**放棄**！一定能找其他鼠來救他們！

卡紐克跑向艾爾納奈克，說：「您快來這兒，靠在我身上吧。快把受傷的狗放到我的雪橇上！」

艾爾納奈克斜靠着他的肩，**感激地**對他說：「我的孩子，我知道你一定會來救我的！」

薇歐萊特讓艾爾納奈克坐在雪橇的後座，然後她坐到卡紐克旁邊。

「艾爾納奈克的犬隊怎麼辦？」寶琳娜問，「我們就這樣不管牠們嗎？」

「別擔心！牠們會**跟着**來的！」卡紐克說，「牠們會跟隨隊長基米的。」

然後，大家出發回賓館去。卡紐克的爺爺正在賓館裏焦急地等着他們呢。

當爺爺一看到他們出現時，就飛快地迎上

去。爺爺和艾爾納奈克馬上緊緊地 擁抱 在一起。這下大家終於可以鬆一口氣了。

　　薇歐萊特一點兒也沒聽明白兩位年老的因紐特鼠的談話，但看得出來他們非常開心。這對老朋友在互相蹭鼻子，正忙着互相問候。

　　在這裏，艾爾納奈克還有他的雪橇犬得到大家的悉心照顧。

　　之後，艾爾納奈克開始給大家講述他在冰川中看到的一切……

艾爾納奈克的故事

雖然艾爾納奈克臉色蒼白，也很疲累，但他那鷹一般的**眼神**仍和年輕時一樣，炯炯有神。他說的是因紐特語，卡紐克在一旁**認真地**逐字逐句地給大家翻譯：「當時，我正在趕往巴羅的路上，因為接受了**朋友**的邀請，我打算過來給藍色老鼠協會的朋友們講解**因紐特**地區的傳統和環境變化的。不料，當我剛到納納瓦灣，就聽到了可疑的**爆炸聲**……」

潘蜜拉睜大了眼睛，說：「我們也聽到了爆炸聲！」

艾爾納奈克點了點頭，繼續往下說，卡紐克在旁邊翻譯道：「是的，和你們聽到的一樣。」

他頓了頓，然後接着說：「所以我就決定去**看看**到底是什麼引起了爆炸。」

在場的年輕鼠一聽到「爆炸」都立時屏住了**呼吸**。

「那好像是一艘大船，船尾上寫着**海鷗溫哥華**……」

艾爾納奈克說得很慢，而且多說短句，這樣就給卡紐克足夠的時間來翻譯。

「冰船上只有幾個鼠。我本想走過去問問發生了什麼事。但那些鼠一看到我，就開始**大喊大叫**！我聽不懂他們在說什麼，但是可以肯定，他們絕對帶着**敵意！**」

「他們在威脅你？！」寶琳娜驚訝地問。

艾爾納奈克好像聽懂了寶琳娜的話，回答道：「聽到他們大喊，我意識到應該**馬上**掉頭離開。然後……又是一聲轟隆聲！地面在震動，**雪橇**也隨着震動傾斜了一下，接着突然有一大塊冰層在我旁邊**裂開**！」

一艘神秘的破冰船，一些不懷好意的船員，加上接二連三的爆炸聲。
到底北極正在發生什麼事情呢？！

轟！！！

噢

噢

噢

「你們聽懂了嗎？！就是他們在製造**爆炸**！」老爺爺雙手摀臉，看來説出這些話似乎需要很大的**勇氣**。

「他們在到處炸冰川！爆炸的**冰塊**炸傷了我，也**傷到了**我的狗！」

聽到這裏，大家都非常氣憤。

艾爾納奈克繼續説：「當時我和狗兒已經

筋疲力盡了，無法繼續往前走了！所以，我讓我忠誠的**朋友**基米來找你們幫忙。」

基米**蜷縮**在艾爾納奈克的腳下，像是能聽懂主人的說話，搖了搖尾巴。

第一次搜索

「依我説，我們必須教訓一下這羣**無賴**！」阿什文大聲喊道，他十分氣憤，實在忍不下去了。

卡紐克接着説：「是的，我們必須阻止這羣鼠！我不知道他們到底要幹什麼，但他們在使用炸藥，這樣會破壞整個生態系統！」

菲姊妹非常贊同他們的話，但是她們並不贊同立即採取行動。

「我們當然要**阻止**他們！」薇歐萊特説，「但是……別忘了，貿然行事會很**危險**！」

「薇歐萊特説得有道理！」寶琳娜説。

「我們先要多收集資料，多了解情況，找

出他們是什麼鼠，要幹什麼。我們已經知道，這艘船叫**海鷗溫哥華**，也許我們在網上可以找到一些信息。」

「說得對！」卡紐克的**爺爺**贊同說，「現在回去休息吧，大家經過**長途跋涉**，肯定很累了，艾爾納奈克也需要時間恢復**體力**呢。」

年輕鼠們陸續回到各自的房間，一邊走，一邊擔心地談論着這件事。

菲姊妹們睡在同一個房間。由於寶琳娜一直不能入睡，於是她起身打開電腦在互聯網上搜索信息。

科萊塔因為感冒也失眠了，就乾脆起來站在寶琳娜旁邊，陪着她查看資料。潘蜜拉、薇歐萊特和妮基也是醒着的，相信大家都因為同一件事而無法入睡。

「我真想不明白，他們為什麼要炸掉冰牀！」妮基一邊説，一邊在地板上做伸展操。每當她一緊張時，她就會這樣做。

「也許他們想找什麼……」薇歐萊特猜測道。

「找到了！」寶琳娜大喊道，她在網上找到了海鷗的名字。

　　「你發現了他們……嗯……那艘船……是誰的，嗯？」潘蜜拉邊吃餅乾問道。潘蜜拉緊張時，必須在嘴裏嚼點兒什麼。

　　「沒找到他們的目的。」寶琳娜說，「但是，我查到了那艘船和船主的相關資料。我可以發電郵問問我那些環遊世界的朋友們。依我看，明天我們就會有消息了。現在，我們最好上牀睡覺去……」

討厭的驚喜

第二天早上，科萊塔醒來時，驚喜地發現自己的鼻子完全暢通了！莫非是帕米克的藥起作用了？這麼神效？一定是這樣的！

她高興地走到窗邊，想打開窗戶看看外面的風景，但是……

嗚 嗚 嗚！

嗚嗚嗚！一股寒風讓她不得不馬上關上窗戶。

「啊！太冷了！」她再次向窗外望去，突然一臉懷疑地說，「可是……現在是幾點？太陽已經落山了？！」

薇歐萊特也起牀了，她開心地告訴科萊塔：「現在是早上八點。至於太陽……在這兒的春天，太陽是不出來的！」

「哦！」科萊塔歎了一口氣，拍了拍自

哦！

天還是黑的！

己的額頭,「我忘了我們現在是身在北極!」

寶琳娜也醒了。她一起牀就立刻打開手提**電腦**。她看上去明顯很**失望**,因為她收到的電郵沒有一封是關於那艘船的。

「雖然現在沒有任何關於『**海鷗**』的消

息，但是我們只要有耐心，問題一定會解決的。大家為什麼都不去吃**早餐**呢？！我快餓死了！」潘蜜拉總是這麼積極樂觀。

菲姊妹們點點頭。下樓後，她們看到**藍色老鼠**的女生們已經開始吃早餐了。

凱拉烏特媽媽剛剛準備好**美味的**早餐。有**熱氣騰騰**的粥、牛奶、巧克力，還有果醬以及超級好吃的（**潘蜜拉**的原話）、剛剛出爐的班諾克烤餅！

班諾克烤餅是凱拉烏特媽媽按照古老的因紐特鼠食譜親手做的，另外，她還別出心裁地在裏面添加了黑醋栗和葡萄乾！

寶琳娜、薇歐萊特、妮基、科萊塔和潘蜜拉立即陶醉在**美味**早餐當中，以至於根本沒發覺**男孩們**不在。

在吃了第三塊燕麥餅後，妮基問吉爾楚

伊：「男生們還在睡覺嗎？」

　　吉爾楚伊驚訝地説：「怎麼？你不知道嗎？他們昨天晚上就出發了！」

　　寶琳娜聽後吃驚地叫了出來：「啊！啊！啊！出發了？！」

　　「他們去哪兒了？！」潘蜜拉一臉疑惑地問道。

「去了納納瓦灣！你說他們能成功嗎？」

這時，南非女孩坎迪和日本女孩裕子也加入了她們的討論。

「我們看見他們昨天**晚上**就出發了，還帶走了所有的交通工具！」坎迪有些**失望**地說，「這意味着我們要出去就只能步行了！」

潘蜜拉很生氣：「阿什文應該通知我們的！我以為大家已商量好了的！」

裕子想幫阿什文說好話，她說：「**別這麼說！**他只是想儘快解決問題。他不是個**衝動**的鼠，他最受不了他們做壞事了，他想保護大家！」

「我們也受不了！正因為這樣，大家更應該一起行動！團結起來才能成功呀。」潘蜜拉反駁道。

這時，寶琳娜冷靜地打斷她們，說：「大家別吵了。現在，最重要的是我們要想辦法離開賓館趕上他們，我們現在顯然被困在這裏了！」

礦泉水

　　菲姊妹們**沮喪地**回到房間。大家還在為男孩們昨夜悄然出發而感到**生氣**。

　　「這樣是不對的！就這樣離開⋯⋯對我們**隱瞞**了一切！」潘蜜拉憤憤不平。

　　妮基失望地說：「我不會原諒阿什文的！我本來還覺得他很**可愛**呢！」

　　說完，她**看了**寶琳娜一眼。

　　「他是很可愛！」寶琳娜**微笑**着說，「但是他太衝動了！」

　　薇歐萊特總結說：「沒錯！他可能覺得我們幫不上忙吧⋯⋯」

　　寶琳娜看着妮基，然後走近她，有些**尷尬**地說：「如果我說，因為他，我曾經嫉

妒過你……」

「我和你一樣……」妮基頓時不知所措。

然後，她倆突然不約而同地大笑起來。

「哈！哈！哈！哈！太蠢了！」

科萊塔也和她們一起笑了起來。姊妹們真是太有趣了！

而薇歐萊特心裏特別高興，她意識到她們的友誼正變得比之前更堅固。

隨後，她說：「希望他們沒有遇到什麼危險！遇上**壞分子**，卻不知道他們的目的，這很危險！」

薇歐萊特的話就像一盆**冷水**澆在女孩們身上，讓大家頓時清醒起來。

寶琳娜在網上繼續搜索着，渴望能找到一些跟「**海鷗**」有關的信息。

這一次，她似乎找到了有用的資料。只聽見她大聲讀出：「『**海鷗**』就是老破冰船『博特尼亞』，這艘船在出售後被重新命名。現在，這艘船屬於馬爾科姆・萊特，也就是**冷水**公司的老闆……你們快來看，上面說『這家公司生產礦泉水！』」

「**礦泉水**？！」妮基和潘蜜拉異口同聲道。

薇歐萊特瞪大了眼睛說：「你是說那些鼠**炸**冰淇淋是為了……」

寶琳娜接上薇歐萊特沒說出的後半句話：「是為了生產礦泉水！」

　　潘蜜拉還沒有明白：「但他們怎麼**賺錢**呢？！一瓶水才賣幾塊錢啊……」

　　「那不是幾塊錢的問題！」科萊塔打斷她，說：「**冰水**這個牌子只供貨給世界最頂

礦泉水

　　礦泉水是指來自**地下水**或**地下礦層**的水，屬天然礦泉，有益於身體健康。礦泉水基於**礦物質**的含量（即百分比）有不同的等級。

級最高檔的**餐廳**銷售！每瓶水賣20美元！
不僅如此，有些富有鼠還特別要用這種冰水來
洗頭髮，據說這種水能讓頭髮更有光澤！」

「**太瘋狂了**……」薇歐萊特驚訝地說。

我們來整理一下
現有的線索！

· 艾爾納奈克發現有鼠在炸冰牀，這羣鼠還
  攻擊了他。
· 那艘破冰船屬於一家礦泉水公司的。
· 這家公司從阿拉斯加的冰川
  採集純淨水，而這種水的
  售價非常昂貴，你們相
  信嗎？！

求救短信！

此時，不僅**菲姊妹**非常擔心男孩們，連凱拉烏特爺爺和艾爾納奈克爺爺也很擔心他們呢。

男孩們**偷偷**地**溜走**時，不僅沒告訴兩位爺爺，還帶走了**帕米克**。

此時，外面的寒風比前一天颳得更猛烈了。

菲姊妹們和其他藍色老鼠協會的**女孩**聚集在大廳裏討論接下來的對策，參與討論的還有凱拉烏特爺爺和艾爾納奈克爺爺。

這時，潘蜜拉打斷大家的討論，說：「我們知道這艘船是屬於誰的！你們有聽說過**馬爾科姆·萊特**這個名字嗎？」

　　凱拉烏特爺爺表示曾經聽說過這個名字。

　　「我只知道，很多年前，他是做**皮革**生意的。」他淡淡地說，「但是，最近幾年都沒有聽說過這個鼠的消息。」

　　寶琳娜解釋道：「現在他在經營**礦泉水**生意，這種從**冰山**採集的礦泉水最近在富有鼠圈子裏好像十分流行！」

　　吉爾楚伊喊了起來：「你們是說他破壞這裏的冰牀，是為了生產礦泉水？！如果真是這樣，我們應該立即**報警**！因為那些壞傢伙還傷害了艾爾納奈克爺爺！」

　　凱拉烏特**爺爺**也同意這種做法：「這個辦法很安全。但警察需要一段很長的時間才能

到達這兒呢!現在我們該怎麼辦?!如果孩子們出了什麼事,我永遠不會原諒自己!」

　　凱拉烏特爺爺的語音剛落,屋裏突然有四個手機的鈴聲同時響起了!

叮鈴鈴!叮鈴鈴!叮鈴鈴!叮鈴鈴!

是短信鈴聲！吉爾楚伊、妮基、寶琳娜和坎迪趕緊**查看**她們的手機上剛剛收到的短信。

這個短信是由卡紐克同時發出給四位朋友的，應該是**偷偷**地傳送的。

看了短信，吉爾楚伊第一個表示：「我們馬上給警察打電話！」

妮基也說：「對，馬上打電話報警！我們不能就這樣等着，那艘船應該會將他們帶走的……現在，每一分鐘都**很寶貴**！」

「可是，我們應該怎麼去找他們呢，步行嗎？！我們沒有**雪地電單車**也沒有雪橇啊！」坎迪提醒她說。

菲姊妹互相看了一眼，這是一個難題。

「莫非他們也帶走了艾爾納奈克爺爺的雪橇？」寶琳娜問道。

「沒有。」艾爾納奈克說，「但我的雪橇不是**很大**。包括駕駛者，上面最多只能坐三個鼠。」

「尤米安克！」科萊塔自言自語道。

潘蜜拉一時之間沒聽懂，問：「你說什麼？」

「尤米安克！是的，尤米安克！」凱拉烏特爺爺高聲說，「坐這艘船，我們會比乘雪橇還要快！」

隨即，他**看了看**這位受了傷的老朋友，又想了一下，說：「可是，只有我和艾爾納奈克的話，恐怕很難駕駛。」

妮基立刻迎上前去，說：「我會駕船！我的朋友們也會划槳！」

潘蜜拉接着說：「是的！就連最愛美的蔻
蔻也會不顧慮她漂亮的指甲，豁出去為大家划
船的，對吧？！」

科萊塔朝她的朋友們吐了吐舌頭。

寶琳娜最後總結說：「那就這麼定了！菲
姊妹和兩位爺爺一起去，我們一定能找到那艘
冰水公司的船。」

隨後，凱拉烏特爺爺把大家帶到那個小房
子裏。

冰油和薄煎餅

當凱拉烏特爺爺打開房門亮起燈後，菲姊妹們都驚訝得說不出話來。

「剛才說的那艘船在哪兒？不會是那個支架上落滿灰塵的東西吧！」

出現在科萊塔面前的，是一艘失去了昔日光輝的舊船。與其說它是一艘船，不如說那是一艘船的骨架！

艾爾納奈克爺爺是最後進來的。他繞着船轉了一圈，認真地檢查一番。爺爺的眼中閃爍出躍躍欲試的神情。對他來說，尤米安克是個寶貝。

寶琳娜走到妮基身邊，小聲對她說：「連我都不相信這個東西可以在水上行駛……更

別説其他鼠了！」

「是的⋯⋯這艘船看上去**很輕**，但⋯⋯如果因紐特鼠幾個世紀以來一直依賴它來航行，那就説明這艘船是可行的！」妮基比較有信心地説，「而且，現在就只有這個辦法了！」

「好吧，現在我們有船了！」潘蜜拉匆匆打斷大家的話，疑惑地說，「但我們怎麼把它弄下水呢？外面的海水不是已經結冰了嗎？」

「沒有完全結冰呢！這就是卡紐克本來要給大家講的生態環境題目。由於全球氣溫變暖，北極冰川每年都在大量融化，這是一個警號。然而，此刻對我們的行動來說也許會有幫助……」

爺爺開始一邊收拾必要的裝備，一邊給女孩們解釋說：「以前，每年的這個季節，所有的航路已經全部被冰封凍結了。而現在，因為溫度越來越高，冰川就開始融化和流動，甚至變成薄薄的冰片漂浮在海面上，我們把這些薄片叫做『薄煎餅』。時間久了，我們就可以在『冰油』上面划船了！」

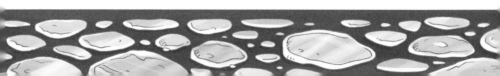

「『冰油和薄煎餅』？我沒聽錯吧？！」薇歐萊特問其他女孩。

妮基解釋道：「海水不會迅速凍結。首先會形成薄冰層，這些薄冰漂浮在海面，在海面上形成油狀外觀，被稱為『冰油』。另外，浮冰的形狀為圓形凸邊，看起來就像薄煎餅！」

凱拉烏特爺爺和艾爾納奈克爺爺在船底放了兩個木板支架，然後把船和雪橇牢牢地連在一起，最後他們邀請菲姊妹上船。

一切就緒，準備出發了！

冰上航行

能夠乘坐尤米安克在冰上**航行**，菲姊妹們感到**非常興奮**。但是，一旦碰上**海浪**迎面打來，這艘船肯定會招架不住。

凱拉烏特**爺爺**幫女孩們安排好位置，給每個鼠手上配備好船槳。

「大家一起划槳，我給你們發號令，按這

個節奏，齊心協力。」

天空被厚厚的烏雲覆蓋着，今天的天色比前一天還要**黑暗**，海面上**不太平靜**。

「還好，」凱拉烏特爺爺說，「海水並沒有結冰。」

薇歐萊特終於親眼**見到**到底什麼是「冰油和薄煎餅」了！

「**嗯！**」潘蜜拉指着海面上的大片**薄冰**，假裝舔着自己的嘴說道，「看起來就像是白砂糖餡兒的薄煎餅！**嘿！嘿！**」

妮基說：「天太**黑**了！我們應該帶上**手電筒**的。」

薇歐萊特接着說：「依我說，幸好沒帶，否則那羣**壞蛋**會發現我們的！這樣我們才能**出奇制勝**呀！」

「你說得對。」凱拉烏特爺爺肯定地說，「聽到**水流**的聲音了嗎？水流正帶着我們朝

正確的方向行駛！」

　　凱拉烏特爺爺開始有節奏地喊起號令，領着大家划船。

　　「嘿！嗨！嘿！嗨！」

　　女孩們用盡力氣努力地划動船槳，不再感覺到寒冷了。

　　科萊塔覺得自己已經出汗了，剛想停下來擦擦汗。

　　「保持節奏……」她身後的寶琳娜提醒她，「否則我們的船槳就會撞上的！」

　　科萊塔於是賣力地划着槳，但她不小心干擾到後面了，在她後面的是妮基。

「啊！」妮基開始抗議了。

「**高點兒！**」凱拉烏特爺爺指揮道，「這樣划是不行的！現在你們**用力**不平衡。」

他用手指指着科萊塔、薇歐萊特和寶琳娜：「你、你，還有你，胳膊用力！」

然後，他轉身朝向另外兩個女孩：「你們兩個，保留一點兒**力量**！儘管你們是五個鼠，五雙手爪，但是你們要齊心合力好像用一雙手那樣協調用力！」

菲姊妹們聽從了他的建議。最後，船開始快速前進，就像在**油面**上滑行一樣快！

破冰船

　　妮基已經習慣了黑暗，她是他們當中第一個看見納納瓦灣的。

　　那艘破冰船還在那兒，停泊在距海灣入口很近的地方。

　　凱拉烏特爺爺示意女孩們停止划槳，由

他和艾爾納奈克繼續掌控航行方向。

尤米安克悄悄地慢慢接近那艘破冰船。

此時，大船上傳來一聲沉悶的巨響，部分舷窗照射出明亮的燈光。

船周圍的浮冰上沒看見任何鼠，甲板上也沒什麼動靜。

所有鼠定是在船艙裏。

妮基小聲說：「我們必須上船去打探一下，看看他們把男孩們關在哪兒了。」

「我沒看到站崗的鼠……」薇歐萊特說，「而且船上的舷梯是放下來的。」

潘蜜拉豎起了耳朵，說：「這樣更好！我真不想攀爬那條結了霜的繩索。走吧！我們還等什麼？」

但寶琳娜想要好好規劃一下這次的行動，她建議道：「我們先爬上駕駛艙去看看，然

後再分頭到甲板下的船艙查看，最後一起去底艙檢查。」

「還有我呢！」凱拉烏特爺爺說，「艾爾納奈克受傷了，所以他留下來看船。我和你們一起去！」

和我沒關係，好嗎？

菲姊妹不知道船上的情況。

於是，們透過窗户往駕駛艙裏看去，發現有九個男鼠正圍在一起**激烈地**談論着什麼話題。

這個時候，船上所有鼠都聚集在那兒，是在討論什麼大事嗎？

船長給**冰水**公司的老闆通了電話後，他**憤怒地**說：「那些男孩一出現，我們就沒辦法繼續工作了！回去的時候，我們的船艙只能裝走一半的貨物！」

「一半？」一個**紅頭髮**，年紀很大，看來像是**水手**的瘦子抗議道，「我不同意只裝

載一半，一半就意味着只能賺到一半的錢！」

「再等一天，我們就會用完全部的**炸藥**！」一個手臂上有眼鏡蛇紋身的鼠說道，「這樣就能有個**完美**的結果了。我們可以把所有的冰塊帶到船上，然後在*回程*的路上加工。」

「我不喜歡這個計劃。」旁邊有個鼠說，「我一點兒也不喜歡！」

他看上去胖胖的。

另外一個鼠反駁道：「你不喜歡哪一點？這是一個完美的計劃！」

那個胖子說：「我是為公司工作的，你懂嗎？我的工作都是為了公司利益，但是我不想囚禁那些孩子！知道嗎？」

這個時候，船長插話道：「小孩子們是在多管閒事！再說，他們是什麼環保協會的成員。大家都知道，炸毀這裏的冰川是違法的！所以，這些孩子一定會起訴公司的，到時候老闆和我們都要坐牢的！這太危險了！」

所有的船員都覺得船長的話有道理，除了那個大胖子。

155

大胖子繼續搖着頭說：「我不同意。我一點兒都不同意，**好嗎**？我們過來是為了工作賺錢，現在卻發生了非法監禁**男孩子**的事情！我不想做這種壞事，行嗎？這跟我無關，**我根本就不想這麼做！**」

其他的船員都用異樣的眼神看着他。

船上的困境

駕駛艙內的爭吵越來越激烈。

沒有比這更有利的形勢了，**壞蛋們**只顧着爭吵就不會發覺**菲姊妹**的行蹤了！

妮基小聲地對其他鼠説：「我們應該利用這個機會去救男孩們！」

沒錯，但是他們究竟被關在哪兒呢？

大家首先要抓緊時間**趕快**找到他們！

菲姊妹們和凱拉烏特爺爺沿着通往船艙的走廊往裏走。他們想打開門查看的，可是所有的門都鎖上了，從外面聽不到裏面有任何的聲音。

突然……

咚！

一個響聲讓科萊塔嚇了一跳。她旁邊的門裏有鼠！

就在那一刻，她趕緊捏緊了鼻子……

「乞嚏！乞嚏！乞嚏！」

她突然無法控制地打起了噴嚏。

「科萊塔？！」她發覺身邊的門後有聲音。

科萊塔旁邊的凱拉烏特爺爺馬上聽出來了。

「是帕米克！」

他們找到了男孩們！

現在，菲姊妹們需要找到鑰匙。怎麼辦好呢？她們幾個肯定對付不了那九個船員！

此時，駕駛艙內的討論越來越激烈，那

個胖子最終寡不敵眾，敗下陣來。船上的鼠達成了一致意見，把他抓了起來，打算把他和男孩們關在一起。

「我們必須把這個喋喋不休的胖子關起來！去拿鑰匙！」船長向普爾切發出了命令，普爾切就是這羣鼠中最瘦的那個。

普爾切出去後徑直向儲藏室走去。

　　這就是女孩們和凱拉烏特爺爺一直在等待的好時機！

　　普爾切剛**拿起**一串鑰匙，就聽到背後有鼠對他說：「把鑰匙給我！」

　　普爾切打了個**寒戰**，慢慢轉過身來。他發現凱拉烏特爺爺和菲姊妹們正**威脅**地盯着他。因為事情發生得實在太突然了，普爾切**驚訝**之際居然忘記了反抗，就這樣被他們抓住了。

　　凱拉烏特爺爺把普爾切綁緊關在另外一間船艙裏，而菲姊妹們馬上**趕去**救男孩們。

　　現在該和這羣來自冰水公司的壞蛋好好算帳了！

束手就擒

　　此刻，駕駛艙中，船長正在大聲詢問普爾切去哪兒了，為什麼還沒回來。他正要打電話給普爾切時，門口出現了一羣鼠……

　　「現在你們被包圍了！我們已經找到被你們囚禁的朋友們，並把他們救出來了！」

　　那是卡紐克、潘蜜拉、妮基、阿什文、帕米克和其他三個**藍色老鼠**協會的成員。

　　接下來，船艙裏出現一陣寂靜。

　　胖子利用這個機會掙脫了那夥壞蛋。剛才被綁得太緊了，他好不容易他才掙脫繩索，重獲自由。

　　那夥壞蛋被孩子們撞倒在地，然後大家不費吹灰之力就**制服**了他們。只剩下那個**大胖**

子還原地站着。

怎麼辦呢？

卡紐克不知道該怎麼做，那個**大塊頭**個子比他高一倍！

潘蜜拉這時已經掌握了主動權，開始進行

談判了：「看起來，你的**朋友們**對你不是很**友好**啊，對嗎？」

潘蜜拉的直覺告訴她，這個胖子的內心應該是善良的，他應該會成為他們**臨時的**盟友。

　　胖子有些困惑。真的，他內心從未有過什麼**壞想法**！他非常想解釋清楚，這次關押**男孩**的事和他一點兒關係也沒有，但他是個很內向的鼠……他不知道怎樣才能把心裏的想法說出來。

　　憋了半天，他終於鼓足勇氣說：「我一直在努力工作，從沒想過要害誰，好嗎？就是這樣，行嗎？」

　　「**說得好，朋友！**」潘蜜拉滿意地說，「可以看得出你是個……善良的鼠！」

　　轟轟轟！轟轟轟！轟轟轟！
突然，大家聽到直升機的聲音。

　　警察到了。

給所有鼠的教訓

　　警察發現八個**壞蛋**像香腸一樣被綁在一起，旁邊有一個鼠在看着他們。

　　阿什文解釋道：「這些壞蛋用炸藥毀壞**冰川**來獲取製作礦泉水的原料！」

　　當警察開始接管這些罪犯時，寶琳娜對阿什文說：「我們已經知道礦泉水的事情了。我們還通知了冰水公司所在地的政府，我們知道，這一切的**始作俑者**是冰水公司的老闆馬爾科姆・萊特，我是在網上搜集到這些信息的！」

　　「哦！」阿什文**漲紅了臉**，「所以……我想告訴你，你們很厲害呢！你利用**互聯網**收集了更多的信息，而我們行動了一整晚也沒

有你們知道得清楚，而且我們**荒謬的**夜晚行動還把其他鼠帶到**困境**中！還好，你們來了！謝謝你們！」

女孩們面面相覷，不知道該說點兒什麼。她們本想好好教訓他一頓的。但現在……

潘蜜拉坦誠地對他說道：「你知道我要和你說什麼嗎，兄弟？我代表各種口味的薄餅和所有的**螺絲螺栓**……向那些勇於承認自己**錯誤**的人致以崇高的敬意！」

阿什文疑惑地張了張嘴。

「她……她說的是什麼語言？」他轉身**結結巴巴**地問妮基和寶琳娜。

「紐約的*！**哈！哈！哈！！！**」她們邊回答邊大笑起來。

接着，阿什文帶領警察和**菲姊妹**一起來到船的底層艙，那裏是冰水公司的秘密基地。

*還記得嗎，潘蜜拉的大家庭就在紐約！

艙底已經變成了一個「冰水加工工廠」。

純淨的冰塊在那裏被粉碎、融化（就像做大塊的『刨冰』一樣），然後礦泉水被提取出來裝瓶，裝上集裝箱等待運輸。

當船到港口時，礦泉水應該就準備好了。

成千上萬瓶冰川礦泉水就這樣被運往世界各地**知名**的餐廳！

　　原來，萊特先生就是這樣做成了一筆又一筆的高價礦泉水生意！

北極光

第二天，巴羅所有的市民都穿上了充滿喜慶的服飾，走上街頭，向藍色老鼠和菲姊妹表示敬意。

報紙也報道了幾個 **壞蛋** 被捕的消息，同時還報道了馬爾科姆·萊特在西雅圖機場被捕的消息，當時他正打算 *偷偷溜往* 南美。

菲姊妹們和大家一起，在巴羅度過了一個非常有意義的 慶祝活動 ！

也因為這件事，一向備受敬重的凱拉烏特 **爺爺** 和艾爾納奈克爺爺在當地更讓鼠景仰

了。

大家載歌載舞，吃着地道的因紐特美食，這次的活動辦得非常成功。

菲姊妹混在鼠羣中，她們在卡紐克和帕米克的陪同下**高聲**歌唱，大口地品嘗着「極其美味」的班諾克烤餅。

對妮基和寶琳娜來說，阿什文早就失去

了魅力，已經不能吸引她們的關注了。在她倆的幫忙下，現在的阿什文已經和裕子牽手了。

薇歐萊特沒說什麼，只是當她看到妮基和寶琳娜沒有任何陰影地祝福阿什文和裕子時，欣慰地鬆了口氣。

在這熱鬧的慶祝活動裏，冰冷的巴羅變

成了全世界最熱鬧、最幸福、最多姿多彩的
地方！更為神奇的是，天空中出現了迷人的北
極光，好像也在為這一刻喝彩。大家沉浸在美
麗的自然景色中。

在這美好的時刻，妮基、潘蜜拉、薇歐萊
特、寶琳娜和科萊塔五個好朋友緊緊地、無聲
地、幸福地擁抱在一起。

天空似乎也在祝福她們，提醒她們好好珍
惜這份情誼，沒有什麼能比她們之間的友誼更
珍貴了！

阿拉斯加影像

當我讀完**朋友們**的故事，已經是**深夜**了！

在解決冰水事件後，藍色老鼠如期舉行了年會。

艾爾納奈克留在巴羅市，他給大家講述了當地的氣候變化，這也是他**長久以來**一直在關注的課題。

幸運的是，這次會議被當地電台直播，同時也被世界各大報紙爭相報道。

這次會議使鼠們更加重視氣候問題，也許，以後我們會有好辦法來延緩**全球變暖**。

妮基和寶琳娜積極地參加會議討論，**潘蜜拉**、**薇歐萊特**和**科萊塔**則集中精力

做她們的**記錄專題報道**。

　　她們的報道範圍並沒有局限於巴羅和周邊地區。她們租了一架小型飛機來遊覽和記錄阿拉斯加最美麗的地方！

　　郵件中附帶了她們的作品《**阿拉斯加影像**》的第一部分樣稿，她們希望我給樣稿作評價，並能提一些**修改**意見。

　　我該說些什麼呢？我覺得她們的經歷非常有趣，給我留下了深刻的印象。**菲姊妹**總是滿懷激情地在四出遊歷和冒險，這次她們的專題報道也十分用心呢，希望日後她們會有更多精彩的報道。

俏鼠菲姊妹
Tea Stilton

菲姊妹手記！

世界上最大的冰酒店

女孩們，你們看這個……

這就是世上第一間冰酒店，亦是世界上最大的冰雪酒店。這座世界聞名的冰酒店位於瑞典**朱卡斯加維**(Jukkasjarvi) 拉普蘭德，以托爾訥河 (Torne River) 河水所結成的冰塊來建造。隨着氣溫的轉變，冰酒店亦會慢慢融化，因此當地每年的十二月會重新造冰酒店。

整座酒店都是用冰建造的，包括桌子、椅子和牆身，只有吊燈是用光纖製成的。酒店設有約60間房間，每年還會邀請不同國家的藝術家負責設計部分的房間。另外，酒店還有其他設施，包括冰酒吧、一個大廳、一個劇院和一個冰雪小教堂。

冰酒店的建造歷史可以追溯到1989年，至今已有二十七年歷史。當時法國藝術家喬納特·德瑞特在該地區的一座圓

柱形建築裏舉辦了一場「冰主題」展覽。那天晚上，小鎮上所有的旅館都住滿客人，很多參觀者無處安身休息，於是他們要求在展覽廳裏過夜。最後，他們獲准留宿，睡在墊着馴鹿皮的睡袋裏。從那以後，當地每年都會重新建造一次冰屋，冰酒店就這樣誕生了。

自從瑞典的**冰酒店**取得了成功，世界上一些非常寒冷的國家也紛紛建造這種冰酒店，例如加拿大、挪威和芬蘭。這類冰酒店廣受旅客歡迎，大多設有小教堂和劇場等場地，吸引人們來到舉行結婚慶典或欣賞戲劇演出。

冰雪劇場

有舵雪橇運動

有舵雪橇 (Bobsleigh)又稱為「長雪橇」，起源於瑞士，是一項冬季運動項目。這是一種隊際競賽運動，每隊參賽者為兩人或四人一組。有舵雪橇比賽在狹窄而又彎彎曲曲的滑雪賽道上進行，以最短時間到達終點的隊伍就能勝出。有舵雪橇運動於1924年成為了奧林匹克冬季奧運會的正式項目。

有舵雪橇是由輕金屬合金製成的，外型以流線型設計，雪橇內有一個方向盤，底部有一對舵板和兩對固定的平行雪橇板。出發時，參賽者要先在賽道上把有舵雪橇推行50米，之後雪橇會利用重力來自己滑動。這時，駕駛員就跳到車上坐前面掌握方向盤，剎車員則坐在後邊控制速度和角度。有舵雪橇的平均滑行速度可達每小時145公里至150公里，是一種充滿速度感、爭分奪秒、緊張刺激的競賽運動。

有舵雪橇需要光滑的長跑道，現今的賽道大多由混凝土建成，然後再鋪上冰雪。其實，有舵雪橇比賽也可以在天然滑道上進行。在阿拉斯加，一般山林的馬路都可成為天然的雪橇滑道。在冬季，當地山上封路的時候，整條路上都是之前被車輛壓實的積雪，而路旁和拐彎處的牆壁也鋪上厚積雪，人們只要用木板加固來避免雪橇脫離跑道，這樣山上的道路就可以成為一條天然雪橇滑道了。當然，大家一定要注意安全，在滑雪橇時，記得要戴上**安全帽、護肩和護肘**等配備啊！

剎車！！！

　　要進行一場精彩的有舵雪橇比賽，你必須細心計劃路線，熟習方向盤的操作，掌握拐彎的技巧，還要跟隊友配合如何剎車。因此，有舵雪橇這種運動十分講求隊員之間的默契，駕駛員和剎車員之間必須互相配合才能發揮最快的滑行速度來完成比賽。

鯨魚島

1. 鷹峯
2. 天文台
3. 弗拉諾索山
4. 太陽能光伏設備
5. 山羊平原
6. 風暴角
7. 烏龜海灘
8. 斯皮喬薩海灘
9. 陶福特大學
10. 帽貝河
11. 斯卡莫爾哲利亞乳酪廠，也是拉提卡海運公司的所在地
12. 碼頭
13. 卡拉馬羅之家
14. 贊茲巴紮
15. 蝴蝶灣
16. 貽貝角
17. 岩石燈塔
18. 魚鷹岩
19. 夜鶯林
20. 馬雷阿館：海洋生物實驗室
21. 老鷹林
22. 颶風岩
23. 海豹岩
24. 海鷗崖
25. 小驢海灘

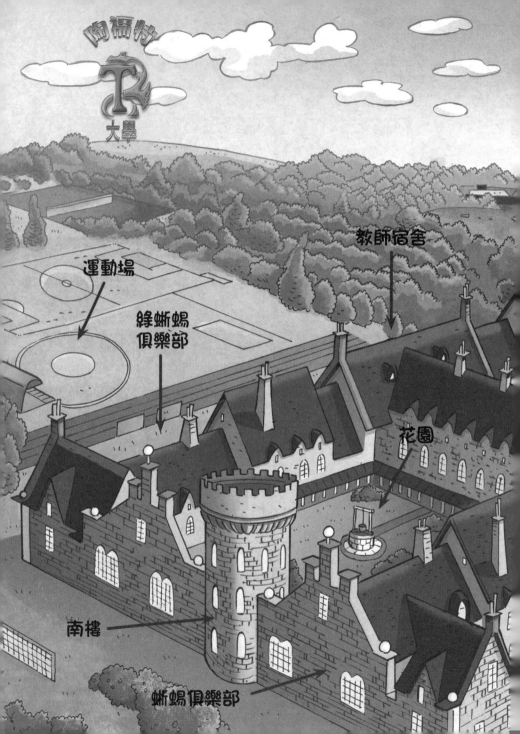

俏鼠菲姊妹
Tea Stilton

① 密室裏的神秘字符

② 徽章的秘密

③ 勇闖古迷宮

④ 歌劇院的密室地圖

⑤ 長城下的秘密寶藏

⑥ 紐約連環縱火案之謎

⑦ 隱形的冰川寶藏